MW01252309

escalade l'Himalaya

par

JACQUES DUQUENNOY

– Coucou, vous m'avez vue ?
Je suis en train
d'escalader l'Himalaya...

– Vas-y, Camille, on te regarde.

– Ben dis donc,
ça grimpe fort !

– Avance doucement
et régulièrement,
Camille.

– Oh, là, là, c'est haut !

– Ne regarde pas
vers le bas, Camille.

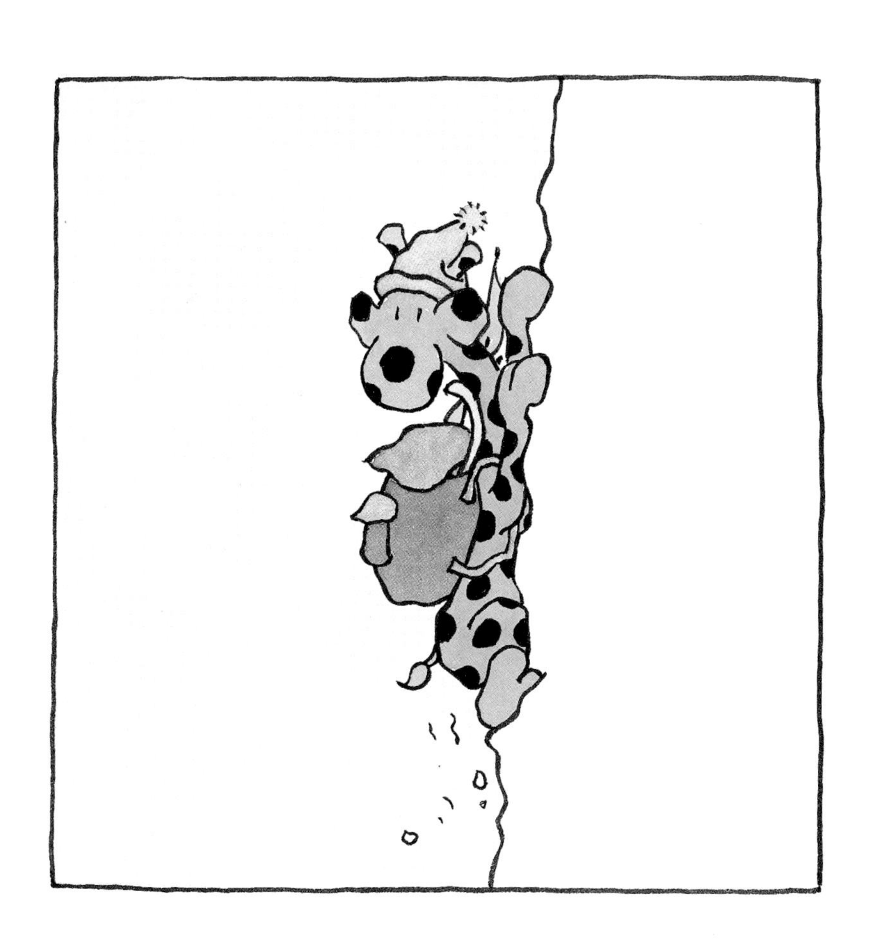

— Oooh... je sens
que je vais tomber !

— Lève la tête :
il y a une bonne prise
juste au-dessus de toi.

— Aaah… c'est trop dur !

— Accroche bien tes deux mains,
lève le pied gauche
et tire sur tes bras !

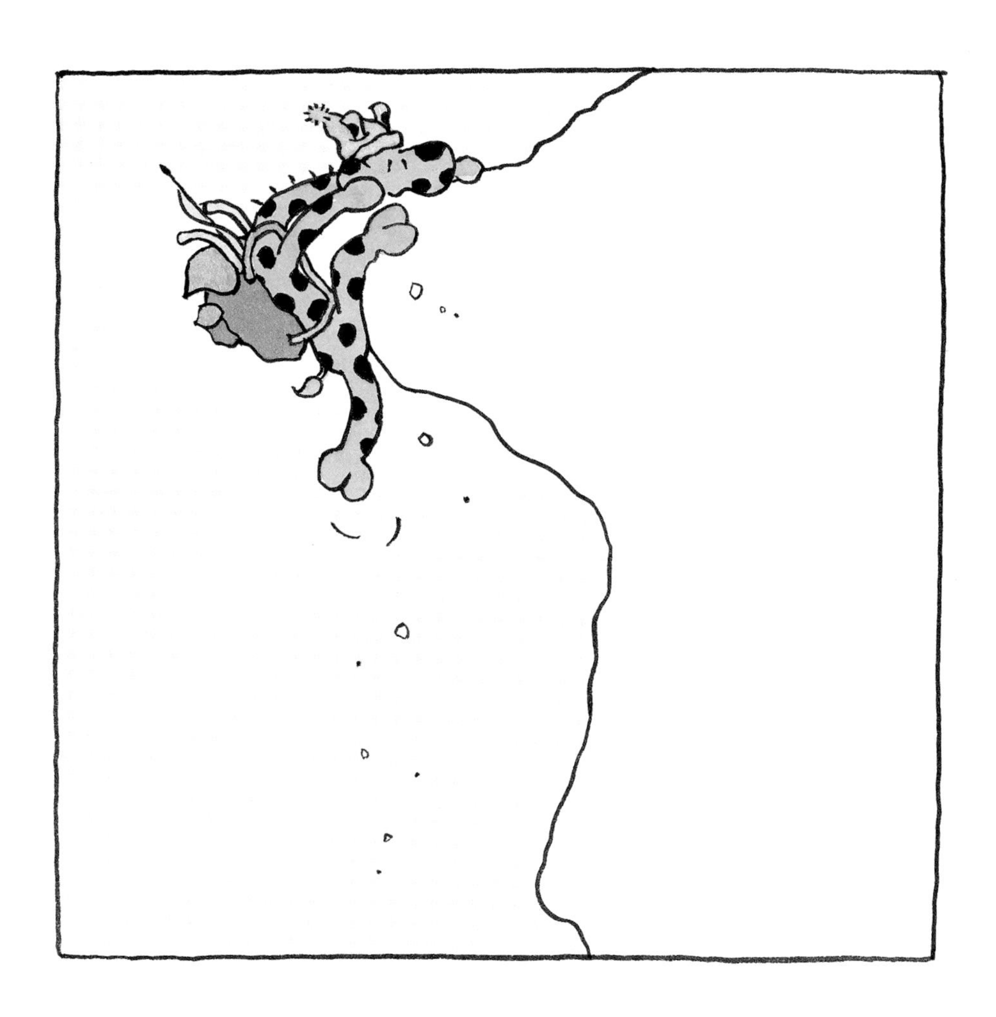

– Je n'en peux plus !
JE VEUX REDESCENDRE !
JE VEUX MAMAN !
OÙ ELLE EST, MA MAMAN ?

– Respire bien, Camille...

— Aaah... je sens
que je vais tout lâcher !!!

— Encore deux centimètres,
Camille, et tu y es !

— Bravo, Camille,
tu es arrivée jusqu'en haut !

— ... dernière fois
que je grimpe l'Himalaya :
c'est trop dur !

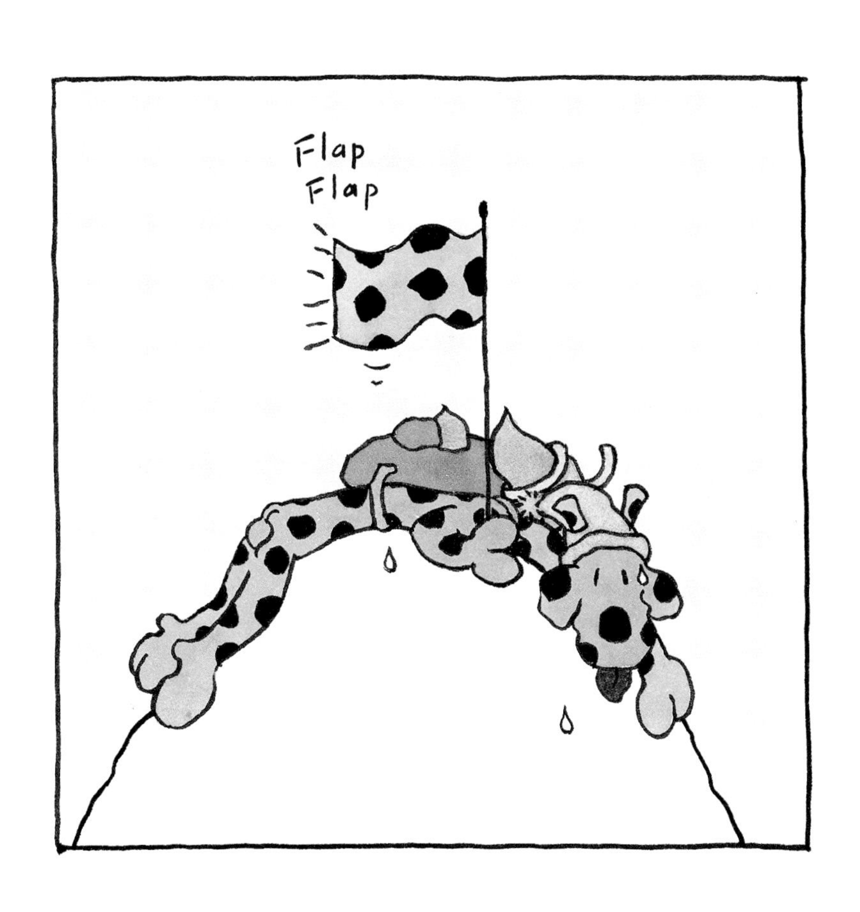
Flap
Flap

— Allez, je redescends…

WAOUUU

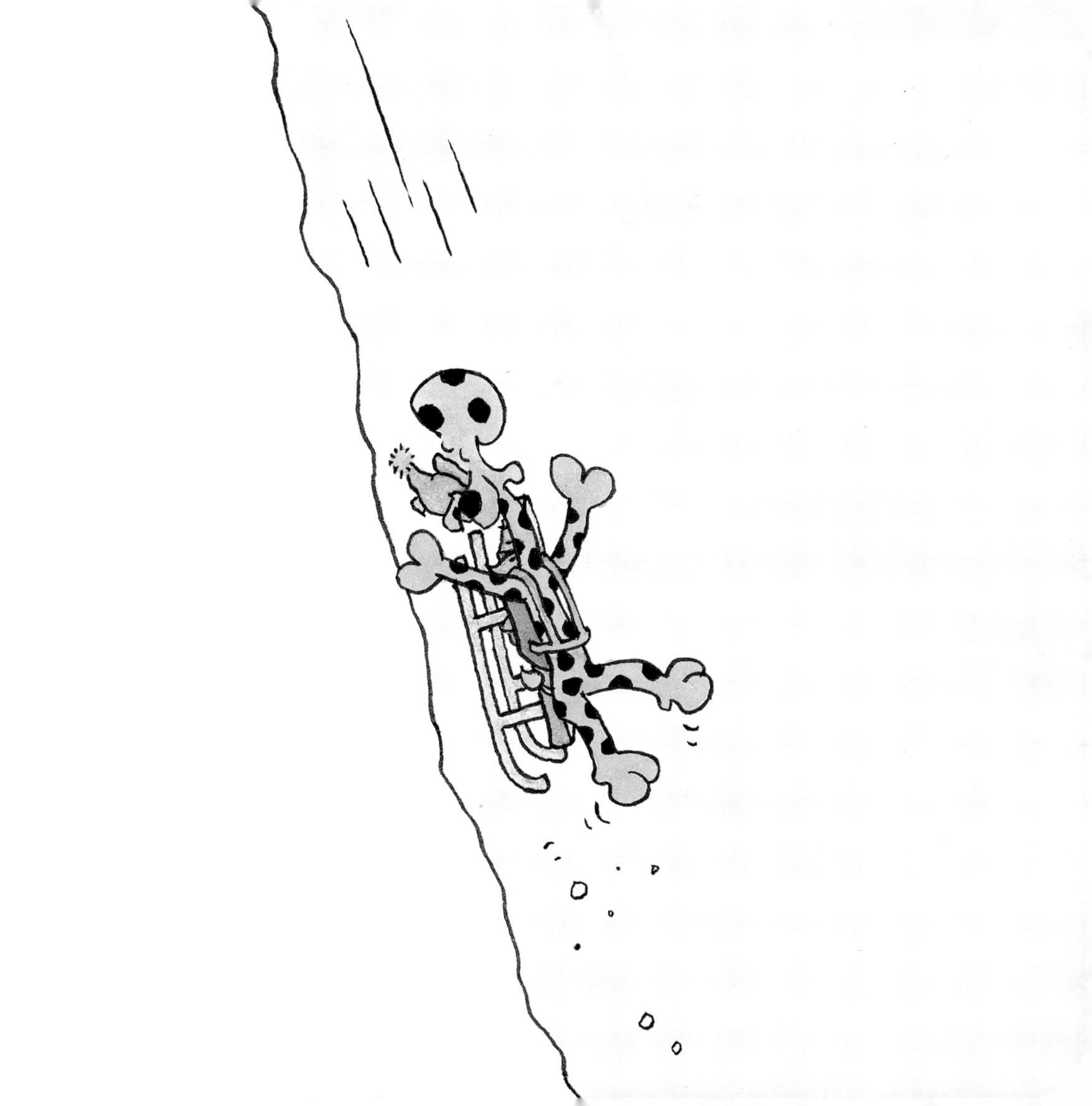

– Trop bien, l'Himalaya !

— Allez, je recommence !